KB119911

퍼플젤리의
유통 기한

퍼플젤리의 유통기한

위즈덤하우스

차례

퍼플 젤리의 유통 기한 7

작가의 말 78

젤리 단독 인터뷰 81

여름 싫어. 개싫다 진짜.

나는 교문을 나서며 수영장에 들어가려는 사람처럼 심호흡을 크게 한 번 했다. 아닌 게 아니라 날씨가 너무 습해서 꼭 물속을 걷고 있는 것 같았다. 내딛는 걸음마다 묵직하고 걸음에 맞추어 흔들리는 팔도 느릿했다. 아무리 심호흡을 해도 산소가 충분히 공급되지 않는 것 같았다. 하지만 이 느낌을 꼭 날씨 탓이라고만 할 수는 없었다.

"반장, 수고해!"

같은 반 애들 몇몇이 지나가며 깔깔 웃었다. 다들 양손을 높이 들고 흔들며 멀어져 가고 있었다. 흰 하복 블라우스의 겨드랑이가 곁땀에 젖어 연푸른색이 되었는데도 전혀 신경 쓰이지 않는 듯한 태도였다. 젖어 있기는 내 겨드랑이도 마찬가지였지만 나도 양손을 높이 들었다. 주먹 쥔 양손으로 가운뎃손가락만 펼쳐 보여 주자 멀리에서 애들도 똑같이 따라 했다. 어느새 너무 멀어져서 어떤 표정인지는 잘 보이지 않았는데, 자지러지는 듯한 웃음소리만은 귀에 똑똑히 꽂혔다.

휴대폰을 꺼내 담임이 준 주소를 확인했다. 교실을 나서기 전 미리 지도 앱으로 검색해 봤던 대로, 목적지는 걸어서 5분 거리에 있

었다. 학교에서 가장 가까운 버스 정류장보다 더 가까웠고, 그렇게 가까워서는 택시를 탈 수도 없었다.

학교가 이렇게 가까운데 왜 안 나오는 거지? 나 같으면 가족들 잔소리가 듣기 싫어서 교복 입고 학교 가는 척이라도 하겠다.

나는 괜스레 책가방을 앞으로 돌려 메고 지퍼를 열었다. 담임이 건넨 프린트물은 가방 속에 얌전히 잘 들어 있었다. 지퍼를 도로 잠그고 터벅터벅 언덕을 내려갔다. 장태희는 혹시 이 경사 길이 싫어서 학교에 안 나오는 게 아닐까? 걔네 집은 바로 이 언덕 아래니까. 인근에서 가장 비싸다는 브랜드 아파트.

가로수 그늘만 골라 걸었는데도 목적지에 다다르니 땀범벅이었다. 온몸이 미끌미끌 끈

적끈적하고 눈가를 타고 흐른 땀이 짭짤했다. 에어프라이어에 넣으려고 오일을 바르고 소금으로 밑간을 한 튀김 재료라도 된 것 같은 기분이었다. 당사자인 내 느낌이 이렇게 찝찝하니 남이 보기엔 얼마나 초라한 꼬라지일까. 장태희네 집 현관에 담임이 맡긴 프린트물만 두고 도망치고 싶었지만, 그 아파트에는 1층 출입구부터 호출벨이 달려 있었다.

이마를 손으로 대충 닦고 휴대폰을 한 번 더 봤다. 장태희네 집 호수를 확인하고 종 모양 버튼을 누르자 무슨 일로 오셨나요, 하고 묻는 목소리가 흘러나왔다.

“어머니 안녕하세요, 저는 태희랑 같은 반…… 반장인데요.”

“아! 태희 학생 친구구나. 문 열어 줄게요.”

소리 없이 열린 자동문을 지나 들어가면서 나는 그 아줌마랑 나 둘 다 서로에게 작은 실수를 저질렀다는 사실에 대해 생각했다. 나는 아줌마가 장태희네 엄마라고 착각했고 아줌마는 자기 멋대로 나를 걔 친구라고 불렀다. 내 경우엔 모르고 그런 거지만 아줌마는 내가 굳이 반장이라고 말했는데도 친구라고 했으니까 아줌마의 실수가 조금 더 큰 거 아닌가? 그런 생각을 하는 사이 엘리베이터가 1층에 도착했다. 비싼 아파트라 그런지 엘리베이터 안에도 에어컨이 나왔다. 시원해서 그냥 하염없이 그 안에 있고 싶었는데 냉방도 되는 엘리베이터는 속도까지 빨라서 20층이 넘는 장태희네 집까지 금방이었다.

"어서 와요. 태희 학생 어머니가 미리 귀띔

해 주긴 했는데 이렇게 빨리 올 줄 몰랐네."

문을 열어 준 아줌마는 수선을 피우며 나를 집 안으로 데리고 들어갔다. 현관에서부터 거실까지 열 걸음은 걸어야 했다. 거실은 바로 옆으로 이어진 주방을 빼고도 우리 반 교실보다 더 넓어 보였다.

"그래도 나 있는 날 와서 얼마나 다행이야?"

아줌마가 질문을 한 건지 설의법으로 그냥 자기가 하고 싶은 말을 한 건지 헷갈렸다. 솔직히 아줌마 말보다는 집 안 풍경에 더 관심이 기울었다. 거실 천장에는 무려 샹들리에가 달려 있었다. 모르긴 몰라도 아파트 기본 옵션으로 제공되었을 리 없는 화려한 물건이었다. 그러고 보니 가구들도 하나같이 비싸 보였다. 유

행에 따라 그때그때 마음 내키는 대로 사들였는지 통일성이 없어 보이기는 했지만, 우리 집 물건 가격을 다 합쳐도 상대가 안 되는 고급품이 분명했다.

"내가 이 집에 주 3회 출근하거든. 만약에나 없는 날 왔어 봐. 태희 학생이 문도 안 열어 줬을 거 아니야."

그제야 나는 아줌마 말에 고개를 끄덕였다. 그냥 문전박대를 당하는 편이 나았겠다는 생각이 들어서였다. 집 구경을 하고 나니 대체 장태희의 불만이 무엇인지, 뭐가 마음에 안 들어서 학교에 안 나오는 건지 더욱 이해가 안 되었다.

"그래도 와 줘서 고마워요."

"아니에요. 무슨 말씀이세요."

체감상 거의 영원에 가까운 시간이 흐르고 서야 장태희의 방 앞에 다다랐다. 집이 워낙 넓고 아줌마랑 같이 걷는 게 어색하기도 해서 시간이 무한히 늘어나는 듯한 느낌이었다.

"태희 학생, 문 열게."

아줌마가 노크하고 문을 열자 장태희가 뒷모습으로 나타났다. 방문 맞은편 책상 앞에 앉아 있는 뒷모습. 나는 장태희가 아줌마의 노크와 동시에 Window+D 단축키를 눌렀다는 사실을 눈치챘다. 컴퓨터가 켜져 있고 그 앞에 사람이 앉아 있는데, 바탕화면에 웹 서핑 창 하나 떠 있지 않은 것이 부자연스러워서.

"들어오지 말라고 했잖아요. 대답하기 전엔 문 열지 말라고도 했고."

컴퓨터 의자 바퀴를 굴려 돌아앉으면서 장

태희는 아줌마를 죽일 듯이 노려보았다. 아줌마는 그런 반응이 처음이 아닌 건지 태연하게 내 어깨를 툭툭 두드렸다.

“둘이 얘기 잘 해요. 간식 갖다줄게.”

“오지 마세요.”

장태희는 싸가지 없이 대꾸했고 아줌마는 장태희의 말허리를 자르며 문을 닫았다. 엉거주춤 방 안에 들어와 있던 나는 장태희의 시선을 독차지하게 되었다.

“너는 왜 왔어?”

“어, 안녕.”

나는 어색한 인사를 건넸다. 장태희는 대답하지 않았다.

집에 처음 들어왔을 때와 마찬가지로 장태희 방 인테리어에 눈길이 갔다. 통일감 없이

돈 냄새가 풀풀 나던 거실과 비교하면 이 방은 테마가 분명한 편이었다. 천장, 벽, 바닥이나 침대, 책상, 책장 등 부피가 큰 가구는 다크 그레이 톤이지만 새하얀 색깔의 오브제나 잘 관리된 식물이 곳곳에 배치되어 있어 신선한 감각이 느껴졌다. 최근 한두 해 사이 방을 새단장한 게 분명했다. 적어도 대학에 갈 때까지는 어릴 때 스티커를 덕지덕지 붙여 놓은 책상을 쓰는 게 보통 아닌가? 장난감 수납함으로 쓰던 서랍장을 철 지난 옷을 보관하는 용도로 재사용하는 건 우리 집뿐인가?

배치된 가구와 소품의 센스도 예상 밖이었지만 방의 크기도 어이가 없을 정도로 넓었다. 고등학생인 언니와 내가 함께 쓰는 방보다 장태희 혼자 쓰는 방이 더 컸다.

"왜 왔냐고 물었잖아."

장태희는 쌀쌀맞게 말했다. 덕분에 정신을 차릴 수 있었다. 그 말이 아니었다면 방 구경에 정신이 팔려 내가 왜 왔는지를 아주 잊어버리고 말았을지도 모른다.

"미안한데 나도 오고 싶어서 온 거 아니거든."

먼저 공격한 주제에 장태희는 내 대답에 상처받았다는 듯 멍하니 나를 보았다. 장태희의 눈을 피할 겸 가방을 내려놓고 지퍼를 열었다. 어색한 분위기를 깨려고 아무 말이나 꺼내면서.

"담임한테 연락 못 받았어?"

"담임 차단했는데."

나는 잠깐 손을 멈추었다. 왜 담임을 차단

하지? 담임이 뭘 잘못했다고. 잘못하고 있는 쪽은 누가 봐도, 나를 자기네 집에 오게 만들어 놓고도 고마워하긴커녕 무안만 주고 있는 장태희일 텐데.

"그래서 너네 엄마한테 연락했나 보다. 너네 엄마도 오늘 나 오는 거 알고 계신 것 같던데."

"그래서 왜 왔냐고."

교문 앞에서 확인했을 때는 한 번에 손에 잡혔던 프린트물이 눈에 띄지 않았다. 쾌적한 실내 온도에도 불구하고 콧등에서 진땀이 났다. 한참만에 찾아낸 프린트물은 가로로 구깃구깃 주름진 채 책가방 밑바닥에 가라앉아 있었다. 학교 언덕길을 내려오는 동안 가방이 위아래로 흔들리는 바람에 프린트물이 소지품

사이로 슬슬 내려가 구겨진 모양이었다. 나는 돌아앉아 종이를 바닥에 내려 두고 손 다림질을 꾹꾹 한 다음 장태희에게 보여 주었다.

"담임이 너 이거 갖다주래."

"그게 뭔데."

"보면 몰라? 사회 수행 평가잖아."

프린트물 앞면 상단에 떡하니 1학기 사회 수행 평가라고 써 있었다. 장태희는 어이가 없다는 듯 콧방귀를 섞어 말했다.

"보면 알지, 내가 그걸 왜 하냐고 묻는 거잖아."

"그건 나도 모르지."

사회는 우리 반 담임이 가르치는 과목이었다. 중간고사가 끝난 직후부터 등교 거부를 시작해 기말고사 시작하기 직전인 지금껏 집에

만 있는 장태희는 학교에서 내 준 수행 평가를 하나도 하지 못한 상태였다. 나는 작은 소리로 덧붙였다.

"그래도 담임이라 좀 챙겨 주고 싶나 보지."

사회 수행 평가는 전교생 모두가 조별 과제로 했다. 네 명에서 다섯 명씩 모둠을 만들어 커다란 전지에 지도를 그리는 과제였다. 다들 이게 미술 수행인지 사회 수행인지 헷갈린다고 했던 원래 수행 평가에 비하면 장태희에게 주어진 과제는 아무것도 아니었다. 빈칸 채우기 서른 문제. 1학기 진도를 쭉 살펴보면서 괄호만 채우면 되는 단순한 활동. 물론 그 빈칸을 다 채운다고 장태희가 수행 평가 점수를 잘 받을 가능성은 전혀 없었다. 담임의 선심은

잘 쳐 봤자 C 정도일 터였다. 그보다 높게 받는다면 성실하게 지도 그리기 수행 평가를 한 애들이 항의할 테니까. 다른 모든 과목의 수행 평가들처럼 0점 처리하지 않는 것에나 감지덕지해야 했다.

"그냥 놓고 가."

"적어도 네 손으로 받지 그래."

얕보였나 싶어 일부러 세게 말했더니 장태희가 바퀴 달린 컴퓨터 의자를 죽 끌고 와서 종이를 홱 낚아채고는 바로 의자를 돌려 다시 컴퓨터 쪽으로 갔다. 내가 자기 아랫사람이라도 되는 듯이, 그래서 함부로 대해도 된다는 듯이, 내 기분이 어떨지는 전혀 신경 쓰이지 않고 아주 조금도 알고 싶지 않다는 듯이. 불쾌해서 나도 인사 같은 건 생략하고 곧장 나

가야겠다고 생각했다. 문을 향해 돌아서다 책장에 정신이 팔린 건 나도 예상치 못한 일이었다. 문과 직각으로 만나는 벽에 있는 붙박이 책장에는 내가 좋아하는 그룹 퍼플젤리의 앨범이 가득 꽂혀 있었다.

"야, 장태희."

나는 장태희 쪽을 돌아보지 않고 말했다. 대꾸하는 소리가 작은 것으로 보아 장태희도 여전히 나를 등지고 있는 듯했다.

"용건 끝난 거 아니야?"

키보드를 빠르게 두드리면서 장태희는 말했다. 나는 계속 책장을 보며 물었다.

"너 엘리 좋아했어?"

장태희 방 책장에 꽂힌 퍼플젤리 앨범은 거의 전부 멤버별 한정 디자인 커버로 장식된

스페셜 패키지였다. 다른 멤버 버전도 한 장씩 은 있었지만 마지못해 구색만 갖춘 모양새였고, 엘리 버전 커버로 된 앨범은 미니 1집부터 정규 3집까지 다 합쳐 300장도 넘을 듯했다.

"나가."

원래도 친절하지도 다정하지도 않았던 장태희의 목소리가 극도로 날카로워졌다. 누가 안 간댔나. 나는 일부러 방문을 세게 닫으며 나왔다. 예쁘게 깎은 참외와 약과를 쟁반에 담아 들고 오던 아줌마와 어깨가 스쳤다. 어머, 학생 벌써 가나요, 하고 섭섭하다는 듯이 말해서 할 수 없이 아줌마한테는 공손하게 인사하고 장태희 집을 벗어났다. 아파트 공동 현관을 나오면서 나는 긴 한숨을 내쉬었다. 수행 평가지를 받으려면 며칠 뒤 그 집에 또 가야 한다는 사실이 막막하고 열받았다.

*

등교 거부는 일본 영화나 드라마 같은 데에나 나오는 줄 알았다.

솔직히 죽을 만큼 아픈 게 아니라면 학교에 빠지는 것 자체를 이해할 수 없다. 정신이 해이하다는 증거라고 생각한다. 일본에선 흔한 편인가? 그런 내용의 영화나 드라마가 많이 나오는 걸 보면. 장태희도 일본 드라마를 많이 본 걸까? 일드를 지나치게 많이 본 영향으로 등교 거부를 할 것 같으면 나는 초등학교 졸업도 못 했을 텐데.

나라면, 우리 집이라면, 등교 거부 사태는

하루를 채 못 넘겼을 거다. 내가 학교에 가기 싫단 말을 꺼내자마자 엄마는 눈을 부라리며 인상을 썼을 테고, 엄마가 입김만 좀 세게 불어도 나는 후다닥 교복을 주워 입었을 거다. 그러니까 애를 그렇게 키우면 안 되지. 나는 어른스럽게 생각했다. 애가 아무리 별나고 고집이 세다고 해도 부모가 부모답게 애를 잘 이끌어 주어야지. 그건 장태희가 등교 거부를 시작한 지 얼마 안 되었을 때 우리 엄마가 했던 말이기도 했다. 장태희가 학교에 나오지 않은 지 2주쯤 되었을 때 걔네 엄마가 학교에 다녀갔고, 내가 그날 저녁 밥상 앞에서 그 얘기를 꺼냈기 때문이다. 내심 기분이 괜찮아지는 이야기였다. 큰 불만 없이 성실하게 학교에 다니고 있다는 이유만으로 나는 장태희보다 나은

학생이 되었고 문제를 일으키지 않는 두 딸을 무난하게 키우고 있는 우리 엄마 역시 장태희네 엄마보다 나은 엄마가 되었으니까.

장태희네 엄마는 중학교 3학년짜리 딸이 있다고 보기엔 젊고 예쁜 편이었다. 나는 못 봤지만 실제로 목격한 애들 말로는 그랬다. 장태희네 엄마는 점심 시간이 끝날 때쯤 학교에 와서 우리 반 애 하나를 붙잡고 상담실이 어딘지 물어보았고, 6교시가 끝나기 직전 상담실을 떠나 우리 반 앞 복도에 있는 사물함에서 장태희의 소지품을 챙겨 갔다. 장태희네 엄마가 학교에 머무른 두어 시간 동안 애들은 단체 첩보 활동이라도 하듯 그 아줌마가 학교 어디쯤에 있는지 실시간으로 소식을 주고받았다. 우스꽝스러울 정도로 챙이 넓은 모자와 고

급스러운 가방, 진한 향수 냄새에 대한 논평은 덤이었다. 6교시에 음악실에 다녀온 우리 반 애들은 복도에서 쿨워터 향을 맡았고 종례하러 들어온 담임 역시 은은하게나마 비슷한 향을 풍겼다. 한참 동안 그 아줌마랑 밀폐된 상담실 안에 있었던 담임은 코가 막혔는지 맹맹거리는 목소리로 종례를 진행했다.

한동안 장태희보다 장태희 엄마에 대한 소문이 더욱 무성했다. 그 아줌마 계모다, 장태희랑 하나도 안 닮은 데다 너무 젊다, 술집 마담이다, 진한 향수 냄새와 사치스러운 차림새를 보면 알 수 있다……. 근거는 전부 그날 언뜻 본 그 아줌마의 용모와 차림새에 있었다. 애들이 찧는 입방아에 나는 겉으로도 속으로도 동조하지 않았지만, 내 딴에도 그 아줌마가

부모답게 느껴지지는 않았다. 충분히 나이 들어 보이지 않아서가 아니라, 지나치게 화려한 차림새 탓이 아니라, 장태희를 꾸중할 생각이 아예 없어서였다. 반장이라 교무실에 자주 드나드는 나는 담임이 교무부장인 수학과 나누는 대화를 들어서 알았다. 담임의 말에 따르면 장태희네 엄마는 장태희가 스스로 학교에 가고 싶다고 하기 전까지는 억지로 보내지 않겠다는 입장이었다.

중학교 졸업도 아슬아슬한 애가 앞으로 대학 진학할 때 되고 취업할 때 되면, 그 스트레스는 어떻게 감당하겠어? 지금 이걸 이겨 내지 못하면 걔는 그대로 자랄 거야. 인생의 어떤 역경도 극복 못 하는 사람이 된단 말이야.

엄마는 그렇게 말했고 내 귀에도 어느 하

나 틀린 점이 없었기에, 그것이 그대로 내 의견이 되었다. 장태희는 나약한 주제에 고집만 셌고 걔네 엄마는 이해심 많은 부모인 척하면서 애를 망치고 있었다. 장태희가 우리 엄마 딸이었다면 과연 지금처럼 막무가내로 등교 거부를 할 수 있었을까? 반대로 내가 장태희네 엄마 딸이었다면 나도 장태희처럼 마음 놓고 등교 거부를 하게 되었을까? 그럼 장태희의 등교 거부 사태에 대한 책임은 어느 쪽이 더 클까? 부모일까 장태희 본인일까. 나는 어른에게 더 큰 책임이 있다고 믿고 싶었지만, 유별난 아이를 기르는 부모에게는 그 나름의 고충이 있을 터라 함부로 결론을 내리긴 어려웠다.

확실히 장태희는 한마디로 정의하기 쉽지

않은 애였다. 그렇게 특이한 애인가, 하면 그건 아니지만 그렇다고 평범한 애라고 볼 수도 없는.

이번 달 초였던가, 담임이 나를 불러서 물었다. 태희는 누구랑 친한 것 같니? 나는 초등학생 때부터 쭉 반장을 맡아 왔기 때문에 담임이 무슨 의도로 그런 질문을 하는지 잘 알고 있었다. 한 학기하고도 한 달을 꽉 채우고 나면 슬슬 반에서 같이 다니는 애들 무리가 지어지니까. 이 시기에 담임들은 자기 말을 잘 들어 줄 것 같은 애들을 찍어 반의 기류가 어떤지 묻는다. 무난하게 다들 잘 지내는 것 같다고 하면 적당히 넘어가기도 하지만, 따돌림이나 부적응이나 악의 없는 소외 같은 게 정말 없는지 집요하게 캐묻는 선생님도 있다. 나도

반장 경력이 있다 보니 요령이 좀 붙어서 캐묻기 전에 미리 누구누구는 좀 겉도는 것 같더라 귀띔해 주기도 했지만, 그러면 선생님들이 꼭 선을 넘었다. 네가 걔랑 점심이라도 같이 먹어 주면 안 되냐는 둥 반장이니 반 분위기를 잘 조성하려 노력해야 한다는 둥.

"모르겠어요, 완전 초반에는 점심 때나 수업 끝났을 때 다른 반 애들이 기다려 주던데 이제 그냥 혼자 다니는 것 같아요."

담임이 먼저 장태희 이름을 콕 집어 말했기 때문에 내가 아는 대로 성심성의껏 대답했다. 담임은 흐음, 하고 아닌 척 한숨을 푹 내쉬었다. 비교적 젊은 선생님이라 그런지 대책 없이 네가 좀 잘해 주라는 둥의 헛소리는 늘어놓지 않았다. 시킨다고 순순히 그럴 생각이 없기

도 했지만, 설령 내가 먼저 다가간다 해도 장태희가 내 정성에 호응할 리 없었다.

장태희가 왕따는 아니었다. 식상한 말이긴 하지만, 장태희는 차라리 혼자서 반 애들 전체를 따돌리는 쪽에 가까웠다. 사람이 기껏 관심을 보여도 쓱 쳐다보기만 하고 별 대꾸 없이 지나가는 애. 아, 나도 그 캐릭터 소품 모으고 있는데— 무시. 못 들었나 싶어서 너도 그거 좋아해? 똑똑히 물어도 무시. 근데 그건 너한테 더 잘 어울리는 것 같아. 혼자 떠들기 민망해져서 무슨 반응이라도 보여 주길 바라며 아무 말이나 하면 더더욱 무안하게 빤히 쳐다보고 그냥 지나가 버리는 애. 장태희는 그랬다.

만약 장태희가 조금이라도 예뻤다면 경우가 완전히 달랐을 것이다. 예쁜 애가 도도하기

까지 하다며 오히려 인기가 붙거나, 의심의 여지가 전혀 없는 왕따가 되거나, 시간차를 조금 두고 두 가지 상황이 차례로 발생하거나. 대단히 예쁜 애의 경우까지 갈 것도 없이, 장태희의 언행을 우리 반 다른 애들한테 대입해 봐도 비슷한 상상을 할 수 있었다. 다른 애들이 장태희처럼 행동했다면 진작부터 재수 없다는 뒷말이 나왔을 것이다. 하지만 장태희는 전혀 위협적이지 않았다. 조금도 해롭게 느껴지지 않았다. 반에서 두 번째로 작은 키와 포동포동한 살집, 감은 건지 뜬 건지 잘 구분되지 않는 작고 처진 눈매, 잘 뜯어보면 귀엽다 할 수도 있는 인상이었지만, 외모 자체로는 누구의 관심도 끌 수 없을 애였다. 그럴수록 먼저 친근하게 굴고 노력해야 할 텐데 장태희는 그

마저도 하지 않았다. 누구의 눈에도 띄고 싶지 않다는 듯이, 저 자신도 누구 하나 눈여겨보지 않는다는 듯이.

결국 장태희를 괴롭히거나 따돌리는 사람도, 장태희와 친하게 지내는 사람도 없었다. 장태희는 미움받을 만큼 튀지도, 친해지고 싶을 만큼 흥미롭지도 않았다. 장태희는 뒷담화의 대상도 되지 못했다. 뒷담화를 까려면 소재가 있어야 하고 소재를 찾으려면 관심이 있어야 하는데 아무도 장태희에게 관심을 두지 않았으니까. 나는 반 아이들이 서로에 대해 어떤 악담들을 주고받는지, 심지어는 나에 대한 것까지도 대강 알고 있었지만 장태희 얘기는 거의 들은 적이 없었다.

어쩌다 한번 장태희가 화제에 올랐을 때

나온 이야기는 걔가 '마치 예쁜 것처럼' 행동한다는 것 정도였다. 그 말을 한 아이는 자기가 말하고도 무슨 말인지 모르겠다며 웃었지만 나는 그 평가가 뜻밖에도 핵심을 짚었다고 생각했다. 장태희가 눈에 띄게 꾸미고 다니는 스타일은 아니었지만, 늘 검정색 반스타킹을 신고 다니는 점은 조금 유난스럽게 보였기 때문이다. 그러거나 말거나 장태희 뒷담화의 결론은 간단했다. '그래서 뭐?' 장태희가 좀 예쁜 척을 해서 뭐? 딱히 안 예쁜 애가 스스로를 예쁘다고 착각한다 해서 우리가 조금이라도 피해 보는 부분이 있나?

그게 전부였다. 애들이 다시 장태희 얘기를 하기 시작한 건 걔가 등교 거부를 시작한 이후부터였다. 장태희가 원치 않았을 관심, 받

아서 좋을 것 없는 관심. 그러나 학교에 나오지 않는 이상은 끝까지 알아차리지 못할 관심. 그런 관심을 장태희는 한 몸에 모으고 있었다. 장태희 초등학생 때는 인기 많았대. 장태희네 집 엄청 잘산대. 장태희 유학 가는 거 아니야? 장태희 정신병 있어서 상담 다닌대……. 장태희 없는 교실에서 오가는 장태희 이야기는 그 애를 점점 이상하고 유별나고 소름 끼치는 애로 만들었다. 정작 학교에 다닐 때는 있는 티도 안 나는 애였는데. 하지만 그 많고 자극적인 이야기들에는 중요한 부분이 빠져 있었다.

장태희가 학교에 안 나오는 이유.

장태희가 학교에 있을 때나 없을 때나 여전히 우리는 장태희에 대해 하나도 몰랐다. 장태희가 알려 주지 않았고 우리도 알려고 하지

않았으니까.

정말 장태희는 무엇 때문에 계속 학교에 안 나오는 걸까? 학교에 있는 무언가가 너무 싫어서일까, 학교에 없는 무언가가 너무 좋아서일까?

나는 장태희 방 책장에 가득 꽂힌 퍼플젤리 앨범을 떠올렸다.

*

"태희 잘 지내니?"

"그런 것 같아요."

담임은 마치 사촌이나 조카 안부를 확인하듯 가볍게 장태희에 대해 물었고 나도 별 고민 없이 대답했다. 거짓말은 아니었다. 자기 집이

라 기가 살아서 그랬는지 어쨌는지 장태희는 학교에서보다 더욱 활발해 보였다. 수행 평가지를 건네러 가서 나랑 걔가 나눈 대화가 지난 한 학기 동안 주고받은 대화를 다 합친 것보다 조금 더 길었다.

"뭐 특이사항은 없었니? 이 점은 선생님한테도 말해야겠다고 느낀 것. 다빈이는 관찰력이 좋잖아."

확실히 나는 관찰력이 있는 편이었다. 적어도 담임이 아이들을 구스를 때 칭찬 화법을 즐겨 활용한다는 점을 알아차릴 만큼은. 장태희가 퍼플젤리의 팬이라는 사실을 담임에게 말해 주면 뭐가 달라질까? 나는 잠깐 고민하다 대답했다.

"잘 모르겠어요."

"그래, 다음에 한 번 더 잘 부탁해. 너무 부담은 갖지 말고 조금만 눈여겨봐 줘."

내가 장태희네 집에서 무엇을 봤는지, 장태희랑 어떤 대화를 나누었는지에 관심을 갖는 사람이 담임뿐은 아니었다.

"태희가 뭐래?"

"걔 학교 언제 나온대?"

"왜 학교 안 나온 거래?"

아이들은 담임보다 훨씬 솔직하고 노골적인 질문들로 나를 둘러쌌다.

"집에서는 말 잘하던데. 나 솔직히 걔 목소리 기억 안 났는데 아, 얘 목소리가 이랬나 싶더라."

"뭐라고 했는데?"

나는 집에서 일하는 아줌마와 기껏 찾아온

반장 모두에게 싸가지 없이 틱틱거리던 장태희를 떠올렸다. 학교에서는 본 적 없는 모습이었다.

"별말은 아니었어."

"별말 아니면 우리도 좀 알자."

그렇게 궁금하면 나 대신 네가 가지 그랬어. 불쑥 튀어나오려던 그 대꾸를 나는 가시처럼 억지로 삼켰다.

장태희에 대해 꼬치꼬치 캐묻는 애들이 장태희보다 친숙하게 느껴지지는 않았다. 장태희와는 자주 만나지 못해서 친해지지 못했다면, 그 애들과는 잘 맞지 않는데도 매일 얼굴을 마주했기 때문에 오히려 거리감이 있었다.

내가 구미가 당기는 가십을 내놓지 않자 아이들은 빠르게 흥미를 잃었다. 이제 한동안

은 내 얘기를 하겠지. 짧으면 오늘 하루, 길면 언제 끝날지 모를 뒷담화. 반 아이들은 내가 어른스럽고 공평해서 좋아했지만 정확히 똑같은 이유에서 미워하고 재수 없어 하기도 했다. 그래도 상관없었다. 중요한 건 장태희가 나처럼 퍼플젤리를 좋아한다는 사실이었다.

퍼플젤리는 4인조 걸 그룹이었다. 남자 아이돌 그룹으로 갑작스레 대성공을 맛본 중소 기획사에서 야심차게 내놓았는데, 소속사 선배들과 달리 큰 주목을 받지 못한 그룹. 마지막 활동기로부터 2년이 다 되어 가지만 해체 발표를 한 적도 없고 멤버들 계약 기간도 아직 2년가량 남아 있는. 크게 성공한 그룹은 아니어서 아직 해체한 거 아니거든요, 라고 해 봤자 해체하든 말든 관심 없다는 반응이 돌아와

더욱 큰 상처가 되는.

정말이지 비운의 걸 그룹이었다. 회사 대표가 작곡가 출신이라 그런지 앨범 수록곡 퀄리티가 훌륭했고 멤버들의 가창력도 안정적이었다. 보이 그룹으로 재미를 톡톡히 본 소속사에서 투자를 아끼지 않아서 뮤직비디오 때깔도 좋았고, 평소 멤버들 스타일링도 독특하고 고급스러웠다. 걸 그룹이니 모두 예쁘고 귀여운 건 기본 중의 기본. 멤버 간 '케미'도 좋았고 캐릭터 서사도 빠지지 않았다. 멤버들 모두 같은 댄스 영재 아카데미 출신이니 어릴 때부터 친분이 있었던 것은 물론 춤도 잘 췄다. 다들 무대를 내려오면 수줍음을 타는 성격이어서 예능에 강한 멤버가 없는 게 흠이었지만 일단 예능에 출연하면 누구 하나 꽁무니를 빼

지 않고 열심히 했다. 퍼플젤리가 다른 회사에서 나왔다면 걸 그룹계의 드림팀이라고들 했을 거다.

그런데도 퍼플젤리는 결국 비운의 걸 그룹으로 남았다. 선배 보이 그룹의 후광으로 방송 활동이 활발했던 덕분에 인지도 자체는 높았지만 인기는 처참했고 사랑보다는 미움을 훨씬 많이 받았다. 보이 그룹 선배가 우리 퍼플젤리도 많이 사랑해 주세요, 하고 호소할 때마다 퍼플젤리에게 드리우는 그늘이 더욱 짙어졌다. 전 국민이 사랑하는 그 보이 그룹을 퍼플젤리 팬들은 원망하게 되었다. 그 보이 그룹의 팬들은 퍼플젤리 '따위'에게 팬이 있으리라고는 상상하지도 못했을 테지만.

바로 내가 그중의 하나였다. 모으고 모아

한 줌밖에는 되지 않는, 퍼플젤리 따위의 팬.

1학년 때였나, 처음 엘리의 무대를 보았던 게. 원래는 나도 그 보이 그룹을 좋아했다. 앨범도 한 장 산 적 없지만, 스트리밍으로 가끔 노래를 듣고 뮤직비디오를 챙겨 보는 정도의 가벼운 관심은 있었다. 워낙에 인기가 많은 그룹이어서 나뿐 아니라 전 국민이 그들에게 그 정도 호감은 품고 있었다. 주말 가요 프로그램에서 그 보이 그룹의 멤버가 스페셜 컬래버 무대를 한다길래 채널을 고정해 두었더니 거기서 엘리가 나왔다. 보이 그룹 아이돌과 똑같은 옷을 입고 훨씬 더 근사한 춤을 추면서. 처음에는 엘리가 신인 남자 아이돌인 줄 알았다. 미니 2집까지 나온 걸 그룹 멤버, 즉 나와 같은 여자라는 사실을 알고 나니 엘리가 더욱 멋

있게 느껴졌다.

공식 팬클럽을 모집한 적이 한 번도 없어서 팬 카페 '퍼레이드'에서 열심히 활동했다. 매일같이 자유 게시판에 글을 썼고 팬 카페 언니들을 따라 스트리밍 공세를 펼쳤다. 공식 스케줄에 커피 차 후원을 하거나 방청 응원을 가는 정도로 적극적인 활동까지는 못 했지만 나도 어른이 되면 꼭 그렇게 해야지, 엘리를 위해서 훌륭한 사람이 되어야지, 하고 결심했다. 퍼플젤리 팬들의 기본적인 태도가 그랬다. 수가 적은 만큼 끈끈했고, 안 그래도 힘들 우리 멤버들 얼굴에 먹칠하는 일 없도록 우리도 각자의 자리에서 열심히 살자는 게 퍼레이드의 기조였다. 팬 카페 회원 수가 적은 만큼 개인 팬 문화는 지양하는 편이었고, 엘리로 입덕한

나도 모든 멤버를 골고루 좋아하게 되었다. 굳이 따지자면 팬 카페에 편지를 자주 남겨 주는 리더 규림이 제일 친근하게 느껴졌지만.

장태희는 어쩌다 퍼플젤리를 좋아하게 되었을까?

좋아하는 마음이란 정말 이상한 거고, 그게 운동하는 방식을 이해하기는 엄청나게 어렵다. 퍼플젤리를 좋아하게 되면서 내가 제일 먼저 배운 사실은 바로 이거였다. 물론 퍼플젤리는 사랑받아 마땅한 걸 그룹이었지만, 전 국민을 넘어 전 지구인이 그들을 사랑해야 했지만 실제로 벌어진 현상은 그렇지 않았으니까. 나에게는 퍼플젤리를 좋아하는 내가 자연스럽게 느껴지지만, 다른 사람들은 자기가 퍼플젤리를 좋아하지 않는 걸 당연하다고 생각할

테니까. 하물며 장태희는 내가 지금까지 만나 본 사람들 중 가장 이해하기 어려운 애였는데, 그런 애가 나랑 같은 걸 좋아한다니? 반가우면서도 어딘가 찜찜했고, 미심쩍으면서도 관심이 갔다.

*

처음에 담임이 준 기한은 일주일이었다. 일주일 뒤에 내가 그 집에 다시 가야 한다는 의미였다. 담임이 말을 바꾼 건 이틀 만의 일이었다. 김다빈, 담임이 교무실로 오래. 반 애들 중 하나가 말꼬리를 길게 늘이며 내 이름을 불렀다. 어리둥절한 채로 교무실에 갔더니 담임이 엄청나게 미안해하며 말했다.

"다빈아, 미안한데 선생님이 전산 입력 기간을 착각했나 봐. 태희 수행 평가 내일까지 받아와 줄 수 있을까?"

솔직히 귀찮았기 때문에 차라리 선생님이 직접 가시는 게 어때요? 하고 쏘아붙이고 싶었지만 바빠 보여서 참았다. 담임은 장태희 엄마에게 내 연락처를 전달해 두었다고 했고 수업이 끝날 때쯤 문자 메시지가 왔다. 다빈 학생 안녕하세요, 태희 엄마 이수희라고 해요. 오늘은 도우미 아주머니가 안 오시는 날이라서 비밀번호를 알려 주려고요. 태희랑 이야기 좀 잘 나눠 줬으면 해요. 잘 부탁해요. 공동 현관 출입 방법: 집 호수 2401을 누르고 열쇠 버튼을 누른다…….

메시지에는 장태희네 집에 들어가는 방법

이 상세히 적혀 있었다. 헛웃음이 나왔다. 내가 뭘 훔쳐 가기라도 하면 어쩌려고 이런 걸 알려 주지? 진짜 뭐라도 훔치겠다는 뜻은 아니지만, 나의 뭘 믿고. 하긴 CCTV가 다 있겠지, 그렇게 비싼 아파트라면. 나는 자문자답을 나누어 가며 장태희네 아파트까지 가서 문자 메시지를 다시 열었다.

남의 집 비밀번호를 우리 집 것처럼 누르며 들어가려니 기분이 조금 이상했지만 그것 말고는 특이할 게 없었다. 여전히 엘리베이터는 빨랐고 현관도 변함없이 길었으며 거실은 말할 것도 없이 운동장 같았다. 조금 달라진 점이 있다면 호들갑 떠는 도우미 아줌마가 없다는 것, 대신 거실 소파에 장태희가 엎드려 있다는 것.

장태희는 블루투스 헤드폰을 끼고 소파에 엎드려 뭔가를 열심히 쓰고 있었다. 보아하니 수행 평가를 부랴부랴 하고 있는 듯했다. 하긴 기한이 줄어들어 가장 당황한 사람은 그 과제를 검사할 담임이나 과제를 걷는 내가 아니라 과제를 해야 하는 장태희일 터였다. 그래도 할 마음이 있긴 있었나 보네. 긍정적인 신호로 해석할 만했다. 중학교를 졸업 못 하는 건 싫겠지, 아무렴.

"장태희."

장태희는 대답하지 않았다. 노이즈 캔슬링이 잘 되는 헤드폰인 듯했다. 나는 내 쪽으로 뻗은 장태희의 발을 빤히 바라보았다. 왜 집에서도 반스타킹 같은 걸 신고 있지? 올리브영에서 파는 종아리 압박 스타킹 같은 건가? 들

고 있는 곡의 리듬을 타는지 장태희는 일정한 박자로 양발을 까닥까닥 흔들었는데, 종아리가 통통해서 막 썰어 내 출랑거리는 순대 꼬다리 같았다.

지금 혹시 퍼플젤리 노래 듣고 있어?

나는 그렇게 묻고 싶었지만 장태희를 부를 도리가 없었다. 아예 소리를 꽥 질러 볼까? 아니면 어딜 톡톡 건드려야 하나? 어깨? 허리? 엉덩이? 발? 좀체 적당한 부위가 떠오르지 않아서 나는 그냥 장태희 앞으로 걸어갔다. 정신없이 교과서를 넘기던 장태희는 조금 늦게서야 내 발을 발견하고 소파에서 벌떡 일어났다.

"너 뭐야!"

장태희는 척 보기에도 비싼 블루투스 헤드폰을 소파에 시원하게 패대기치며 소리를 질

렸다.

"나가, 무단 침입으로 신고하기 전에."

적반하장도 유분수지 어디서 보고 들은 건 있어 가지고 아무거나 무단 침입이래. 나는 동요하지 않고 응수했다.

"엄마한테 연락 받았을 거 아냐, 내가 오늘 과제 받으러 온다고. 너네 엄마가 비번 알려 줘서 들어왔어."

장태희는 분노에 찬 얼굴로 휴대폰을 집어 들어 뭐라 빠르게 타이핑하더니 요란한 소리를 내며 도로 내려놓았다. 엄마한테 화풀이 메시지를 보냈겠지. 뻔했다.

"나 이거 다 하려면 멀었어."

장태희가 들어 보인 수행 평가지는 12번 답안까지 차 있었다.

"다 하면 가져갈 테니까 마저 해."

"싫은데."

"그럼 나가서 기다리라고? 대안이 없잖아."

"상가동에 카페 있어. 거기 가 있다가 내가 와도 된다고 할 때 와."

"내가 너 하란 대로 해야 되는 사람이야? 그리고 돈 없어."

"내가 줄 테니까 가."

"싫어. 내가 왜 너한테 돈을 받아?"

장태희는 말문이 막혀 씩씩거렸다. 보아하니 외동인 장태희는 나에게 상대가 되지 않았다. 나는 논리정연한 척하는 고등학생 언니와 늘 말씨름을 벌이며 단련해 온 몸이니까. 무슨 억지를 더 부리기 전에 내가 선수를 쳤다.

"화장실 어딘지나 알려 줘."

장태희는 말없이 손가락을 들어 보인 뒤 다시 소파에 엎드렸다. 나는 장태희가 가리켰던 방향으로 두리번거리며 걸었다. 거실에서 베란다를 등지고 왼쪽으로 꺾으니 복도 3면에 문이 하나씩 있었다. 복도 끝에 있는 가운데 문이 장태희의 방으로 이어지는 것은 확실했는데 나머지 두 개 중 어느 쪽이 화장실인지는 알 수 없었다. 나는 잠깐 망설이다가 장태희의 방 문을 열었다. 애초에 화장실 위치를 물어본 까닭은 당장 가고 싶어서가 아니라 장태희가 펄펄 뛰는 걸 멈추려는 거였으니까.

말없이 방에 들어간 건 조금 미안했지만 해를 끼칠 생각은 조금도 없었다. 나에게 없는 엘리 한정판 퍼플젤리 앨범을 구경하고 싶었

을 뿐이다. 나는 조심스럽게 책장에 손을 뻗어 비닐 포장이 제거된 미니 2집 앨범 한 장을 꺼냈다. 앨범 커버는 지문이나 손기름이 무척 잘 묻는 재질이라 한 손씩 번갈아 교복 치마에 문지르고 고쳐 잡았다. 가사가 수록되어 있는 부클릿 페이지를 빠르게 넘겨 마지막 장을 펼쳤다. 마지막 페이지에는 멤버들이 남긴 스페셜 땡스 투 메시지가 적혀 있는 걸 알고 있었다. 그중에서도 엘리의 메시지는 맨 밑에 있었다. 엘리는 멤버 중 막내였으니까.

"너 지금 뭐 하는 거야?"

두근거리던 가슴이 쿵 내려앉는 기분이었다. 장태희였다. 아주 조금 열린 문 사이로 한쪽 눈만 보였다. 그 애는 소근거리는 작은 목소리로 묻고 있었다. 아무리 내가 말싸움에 강

하다고 해도 변명할 말이 없는 상황이었다. 살짝 열린 문틈으로 장태희의 손이 쑥 들어오더니 내 손목을 붙들었다. 나는 들고 있던 앨범을 제자리에 꽂아 두고 장태희의 방을 나갔다. 사실 화가 많이 난 장태희는 우악스럽게 나를 끌고 나가고 싶은 듯했지만 그러기엔 힘이 너무 약했기에 내가 장단을 맞춰 준 거라고 할 수 있었다.

"왜 남의 방에 막 들어가?"

"미안해."

변명이 통할 상황은 아니었으므로 나는 솔직하게 사과했다.

"사람들이 네가 나인 줄 알잖아."

그런데 장태희는 조금 이상한 포인트에 화를 내고 있었다.

"그게 무슨 말이야?"

아차, 하는 기색이 장태희의 얼굴에 지나갔다. 희고 통통한 얼굴에서 핏기가 싹 가셨고 작은 눈이 더욱 졸아들었다. 거짓말로 사과한 건 아니었지만 내가 무엇에 대해 사과해야 하는지 헷갈리기 시작했다.

"봐."

장태희는 자기 휴대폰을 내밀었다. 자포자기한 듯한 태도로 내민 휴대폰 안에는 낯익은 풍경이 담겨 있었다. 블랙 앤 그레이 톤의 시크한 공간, 방금까지 내가 머물던 장태희의 방이었다. 침대와 책장의 위치가 내가 아는 것과는 반대인 것으로 보아 장태희의 책상에서 포착된 화면인 듯했다.

자세히 보니 그건 사진이나 캡처 화면이

아니라 라이브 방송 화면이었다. 하단 채팅창에 '방금 그 사람이 테리님 본체?ㅋㅋㅋㅋ'라는 메시지가 올라와 있었다.

"너 인터넷 방송 해?"

장태희는 입을 꾹 다물고 마지못해 고개를 끄덕였다. 나는 휴대폰과 장태희의 얼굴을 연신 번갈아 쳐다보았다. 접속 중인 시청자는 일곱 명에서 아홉 명 정도. 혹시 이것 때문에 학교에 안 나온 거야? 두 자릿수도 안 되는 시청자들 앞에서 인터넷 방송을 하려고? 내가 짐작한 것보다 문제가 훨씬 클 수도 있다는 생각이 문득 들었다.

"너 이거 무슨…… 이상한 건 아니지?"

"뭐가 이상해. 다시 봐."

장태희는 내 손에 휴대폰을 들려 주고 자

기 방 안으로 들어갔다. 나는 눈을 질끈 감았다. 미안하지만 장태희는 하나도 예쁘지 않았다. 실물이 별로인 장태희가 필터발, 화면발을 아무리 받아 봤자 시청자들이 좋아할 리 없다고 나는 생각했다. 시청자 수가 겨우 일고여덟밖에 되지 않는 이유는 그래서일 거라고, 그 쥐꼬리만 한 시청자들도 다 외모와 상관 없이 여중생이라 좋아하는 변태들일 게 분명하다고. 휴대폰에서 장태희의 목소리가 들려왔다.

"안녕하세요. 잠깐 나갔다 왔는데 사촌 동생이 제 방에 들어왔었나 봐요."

한쪽 눈만 찔끔 뜨고 슬쩍 확인해 본 휴대폰 화면에는 내 예상을 벗어난 상황이 펼쳐져 있었다. 2.5D 만화 스타일의 미소년 CG 캐릭터가 책상 앞에 앉아 있었고, 그 캐릭터의 입

에서 장태희의 목소리가 흘러나오고 있었다.

"혹시 캡처하신 분은 없겠죠? 중학생인데 신상은 보호해 주세요. 아, 이 쪼그만 채널 가지고 제가 걱정이 좀 과했나요?"

*

내가 처음 엘리를 발견했을 때 엘리는 남자 아이돌처럼 위아래 색을 맞춘 정장을 입고 있었다. 날렵하고 각이 살아 있는 수트핏이 엘리의 캐릭터를 잘 보여 준다고 나는 생각했다. 팬 카페나 공식 홈페이지에도 그 스타일을 다시 보여 주면 좋겠다는 의견을 종종 남겼다.

엘리는 보기 드문 톰보이 캐릭터였다. 퍼플젤리도 다른 걸 그룹들처럼 앨범을 낼 때마

다 스타일링 콘셉트에 변화를 주었는데, 엘리만은 항상 특정한 스타일을 고수했다. 전체 콘셉트가 시원하면서도 씩씩한 느낌의 마린룩일 때에도, 하늘하늘한 페어리 코어 스타일일 때에도, 스포티한 응원단 콘셉트일 때에도 엘리는 짧은 머리에 반바지 차림이었다. 무릎 바로 아래까지 올라오는 길이의 반스타킹은 엘리의 소년미를 더욱 강조하는 매력적인 아이템이었다. 막내지만 멤버 중에 가장 키가 큰 엘리는 멤버 누구와도 케미가 좋았다. 사랑에 빠진 사춘기 소년 같은 이미지라서 보고만 있어도 애틋하고 설레는 느낌이 들었다.

왜 그걸 연결 지어 생각하지 못한 걸까? 장태희의 방에는 퍼플젤리 앨범이, 그중에서도 엘리 버전 스페셜 커버로만 수백 장 있었는데.

장태희도 늘 엘리처럼 까만 반스타킹을 신고 다녔는데.

그러고 보니 체육 수업도 없는 날 장태희가 체육복 반바지로 갈아입고 돌아다닌 적이 있었다. 사실은 그게 엘리 스타일을 따라한 거였을 수도 있겠구나. 담임이 교복 똑바로 입으라고 주의를 주니까 치마에 뭐가 묻어서 어쩔 수 없이 입었다고 하길래 그냥 그렇구나 하고 넘겼는데. 치마를 입지 않는 엘리를 의식한 거였구나.

장태희는 자기처럼 CG 아바타를 이용해 방송을 하는 사람들을 버추얼 스트리머, 버튜버라고 부른다고 했다. 제대로 본 적은 없지만 나도 대강 알고 있었다. 여러모로 충격을 받아 적절하게 반응하지 못했을 뿐. 장태희가 버튜

브 방송을 한다는 사실도 그랬지만, 더욱 놀라운 건 장태희의 아바타 '테리'의 비주얼이었다. 테리는 엘리를, 특히 퍼플젤리 3집 활동 시기의 엘리를 참고해서 만든 게 분명해 보였다. 그것으로 가장 큰 의문이 해소되었다. 장태희가 학교에 나오지 않는 이유. 장태희는 엘리가 되고 싶은 거였다. 현실 세계에선 불가능하지만, 입 모양이나 눈 깜빡임 같은 사소한 액션은 물론 손가락 하나하나의 움직임까지 트래킹하는 섬세한 아바타를 만들어 화면 속에서 엘리가 되기로 한 것이었다.

*

사람들은 이제 더 이상 퍼플젤리 얘기를

하지 않는다.

퍼플젤리를 모르는 사람들, 퍼플젤리를 싫어하는 사람들뿐 아니라 퍼플젤리를 아는 사람들, 퍼플젤리를 사랑했던 사람들도 가능한 한 언급을 피했다. 팬 카페는 여전히 분위기가 좋았다. 그렇지만 열성 회원 수는 점점 줄어들었고 새 글이 게시되는 시간 간격도 점점 더 길어졌다. 남아 있는 사람들도 그에 대해 적극적인 문제 제기를 하지 못했다. 누구를 탓할 수 있을까. 소속사를 탓하기는 쉬웠지만 이 사태에 대한 책임을 소속사에 묻는 건 바보 같은 짓이었다. 모두가 알고 있었다. 퍼플젤리라는 그룹이 껄끄러워진 것은 엘리가 세상을 떠난 뒤부터라는 것을. 극단적 선택을 한 멤버가 있는 걸 그룹 얘기는 누구에게나 괴로운 것이었

다. 퍼플젤리를 모르는 사람들, 퍼플젤리를 싫어하는 사람들에게도 그 나름의 이유가 있겠지만, 퍼플젤리를 알고 퍼플젤리를 사랑했던 사람들에게는 더욱 그랬다.

엘리가 살아 있을 때에 조공품 후원에 한 번도 동참한 적이 없는 나는 엘리의 마지막이 알려진 뒤 처음으로 팬 카페 임원진에게 송금을 했다. 내가 용돈을 아끼고 모아 보낸 돈은 엘리가 그동안 후원하던 여성 단체에 기부되었다. 엘리를 사랑하는 퍼레이드의 이름으로. 팬 카페에는 엘리 생전에 언급된 기사가 사후 일주일간 작성된 기사보다 적다고 자조하는 글이 올라왔다. 그 글은 올라오자마자 댓글이 50개 넘게 달리고 한 시간쯤 지나 삭제되었지만, 회원들 모두가 비슷한 고통을 느끼고 있을

터였다. 기사 댓글에서는 다들 엘리가 왜 그랬는지 추리를 하고 자빠져 있었고 퍼플젤리 멤버들의 SNS에는 이렇게라도 주목받아서 좋겠다는 식의 악플이 넘실거렸다. 차라리 아무도 아무 말도 하지 않았으면 좋겠다는 생각, 악플들과 다를 바 없는 생각이어서 좀 그렇지만 이제라도 사람들이 퍼플젤리 노래를 들으면 좋겠다는 생각, 엘리도 없는 세상에 내가 왜 남아 있어야 하는지 모르겠다는 생각, 차라리 엘리를 좋아하지 말걸 그랬다는 생각, 너무 많은 생각이 한꺼번에 들어서 펑 터질 것 같았다. 내가 엘리를 좋아했다는 사실은 팬 카페 회원들 말고는 가족도, 학교 아이들도 몰랐기 때문에 나는 밤에 이불을 뒤집어쓰고 숨죽여서 한참 동안 울었다.

*

이것 때문에 학교에 안 나오는 거냐고 물었더니 장태희는 화를 냈다.

"네가 뭘 알아?"

나는 화를 낼 자격이 내 쪽에 있다고 생각했다. 장태희가 화를 내는 이유를 이해할 수 없었다.

"왜 네가 화를 내? 너는 뭘 아는데?"

"내가 아는 거? 내가 나로 살 수 있는 시간은 방송을 켰을 때 뿐이라는 거. 네가 뭔데 내 인생에 참견이야? 학교에 나가고 말고는 내 마음이고 나는 그냥 나로 살기로 한 것뿐이야."

"그럼 너는 그게 너라고 생각하는 거야?

남자애 버전 엘리?"

장태희의 얼굴이 확 달아올랐다.

"모델이 엘리인 거 어떻게 알았어?"

"나도 엘리 좋아하니까. 그래서 나 지금 엄청 불쾌해. 네가 뭔데 엘리 흉내를 내?"

"좋아하니까 닮고 싶은 게 당연하잖아."

장태희는 잠깐 머뭇거리다가 버럭 성을 냈고 이번에는 내 말문이 막혀 버렸다.

나는 엘리를 닮고 싶다거나 엘리처럼 되고 싶다는 생각으로 엘리를 좋아하지 않았다. 내가 엘리를 좋아하는 마음은 소위 유사 연애 감정에 가까운 거였다. 늘 사랑에 빠진 소년 같은 엘리가 마음에 품은 그 누군가가 나라면 어떨까 상상하는 방식. 엘리는 아이돌이고 나의 존재를 알지도 못하는 데다 이미 세상을 떠났

으니 절대 실현될 수 없는 상상이었지만, 상상은 그 자체만으로도 역할을 충분히 하는 법이었다. 내가 엘리를 좋아하는 마음이 일방적이라는 사실을 나는 잘 알았고, 그 사실을 조금이라도 슬퍼하거나 좋아하는 마음을 아깝게 여긴 적은 단 한 순간도 없었다.

"나도 알아. 내가 이상하다는 거. 나도 헷갈려. 내가 남자가 되고 싶은 건지 그냥 여자가 아니고 싶은 건지. 근데 왜 또 예쁘고 싶은 마음도 있는지 진짜 너무 헷갈려. 그래서 엘리 좋아했어. 엘리는 꼭 남자가 될 필요도 없고 여자답게 하고 다닐 필요도 없다는 걸 보여 주는 것 같았어. 근데 엘리는 또 예쁘잖아. 나는, 나는 이렇고."

장태희는 복도 벽에 등을 기대고 그대로

주르륵 주저앉았다. 우는 거야? 지금 내가 너를 울린 거야? 장태희는 양손으로 얼굴을 감싸 쥔 채 흐느끼며 계속 말했다.

"엘리 흉내 내려고 한 거 아니야. 엘리 대신하려고 한 거 아니야. 그냥 엘리가 먼저 있었고, 그게 내가 꿈꾸던 모습이어서 닮고 싶었어. 여자 같지도 남자 같지도 않은데 그냥 존재 그대로 예쁜 거 나도 하고 싶었어. 그게 나쁜 거야?"

나는 엉거주춤 장태희 앞에 쪼그려 앉아 장태희의 무릎에 손을 얹었다. 무릎 바로 아래를 조이는 반스타킹 밴드 때문인지 무릎은 분홍색으로 충혈되어 있었고 보기보다 뜨거웠다. 울면 온몸에 열이 오르는 타입인 듯했다. 나랑 똑같이.

"왜 죽은 거야?"

그 말을 듣고서는 더 참을 수가 없었다. 그래서 나도 울음을 터뜨렸다. 장태희는 우느라 숨을 헐떡거리면서도 끝까지 말했다.

"그냥 그 모습 그대로 살아 주지. 그렇게 살면 된다고 계속 보여 주지. 나도 살 수 있게."

우리는 한참 울었다. 엘리가 떠난 지 1년이 다 되어 가는 시기였지만 현실 세계의 누군가와 엘리의 마지막에 대해 이야기를 나눈 건 그게 처음이었다. 더는 눈물이 나지 않을 때까지 울다가, 엉엉 울고 꺼이꺼이 울다가 우리는 거의 동시에 깨달았다. 우리는 같은 사람을 좋아하는 사이지, 친구는 아니라는 사실을. 머쓱해진 내가 장태희의 무릎에서 손을 뗐다. 장태희

는 다리가 저려서 괴로워하며 자리에서 일어났다. 나는 도망치듯 장태희의 집을 떠났고 집에 거의 다 왔을 때에야 내가 걔네 집에 왜 갔는지를 떠올렸다. 담임에게 전화를 걸어 선생님, 태희 아직 수행 평가 다 못 했대요, 하고 전하자 담임은 설레는 듯한 목소리로 말했다.

"내일 태희 학교 나올 거래."

네? 왜요? 어안이 벙벙해져서 대답할 타이밍도 놓쳤다.

"태희가 마저 해서 내일 직접 제출하겠대. 다빈아, 수고했어. 그런데 무슨 일 있었니? 태희도 코가 막힌 것 같았는데. 혹시 둘이 울면서 얘기한 거야?"

저도 잘 모르겠어요, 하고 얼버무리며 전화를 끊었다.

집에 돌아가서 나는 장태희의 방송 채널에 접속해 보았다. 채널 이름은 '프롬 테리'였고 테리의 ㅌ은 대문자 E로 되어 있었다. 이렇게 티를 내면서 엘리가 모델인 걸 모르길 바랐다고? 나는 한참 울어서 꽉 막힌 코로 코웃음을 쳤다.

장태희는 여전히 라이브 방송 중이었다. '스터디 위드 미' 콘텐츠랍시고 열심히 펜을 놀리고는 있는데, 절묘한 각도로 카메라를 배치해 무슨 공부를 하는지는 보이지 않게 해 놓은 채였다. 중학생 아닌 척하느라 수고하네, 목소리 들으면 다 티 나는데. 접속한 시청자 수는 나까지 세 명이었다. 하긴 무슨 재미로 봐야 좋을지 모를 방송이긴 했다. 아바타 퀄리티가 이렇게 좋은데, 학교에 안 나온 두 달 가

까운 시간 내내 장시간 라이브 방송을 해 왔을 텐데, 채널 규모가 이 정도밖에 되지 않는 것은 장태희에게 얼마나 재능이 없는지를 증명한다고 나는 생각했다. 그렇지만 나는 장태희가 방송을 종료할 때까지 그 채널에 접속해 있었다. 테리라는 이름을 가진, 장태희가 진짜 자기 자신이라고 말한, 내가 좋아하는 엘리와 무척 닮은 그 아바타를 보고 있는 시간이 나쁘지 않게 느껴져서였다.

엘리를 좋아한 지 얼마 되지 않았을 때 나는 팬 카페에 정리되어 있는 모든 영상을 다 보았다. 데뷔를 준비하던 시기에 소속사에서 찍은 비하인드 영상부터 내가 반했던 바로 그 무대까지 전부. 퍼플젤리 데뷔 초기 인터뷰 영상에서 엘리는 어릴 때 꿈에 대한 질문을 받고

자기 오빠 얘기를 했었다. 어릴 때는 오빠처럼 되고 싶어서 오빠 흉내를 내다가 부모님한테 혼이 많이 났다는 말. 이후로 엘리는 정체성 표현에 대한 질문을 직접적으로든 에둘러서든 종종 받았지만 그와 비슷한 답변을 다시는 하지 않았다. 공식적으로는, 어릴 때 꿈이 '오빠'였다는 엘리의 말이 인터뷰 실수에 해당했던 거다.

엘리의 꿈이었던 어떤 소년이 엄마한테 좀 혼났다고 해서 엘리 안에서 사라졌을 리 없다고 나는 생각했다. 내가 좋아한 건 엘리가 보여 주고 싶어 했던 그 소년이었다고. 엘리는 원래부터 소년이었고, 그 소년이 장태희의 꿈이기도 한 거라고. 그걸 엘리에게 말해 주고 싶었다. 시간이 좀 걸리더라도 전할 수 있다면

전하고 싶었다. 더는 그럴 수 없다는 게 견디기 어렵도록 슬펐다.

혹시 장태희는 그 인터뷰를 봤을까?

제발 장태희가 수행 평가를 포기하지 않기를 바라면서 나는 그 지루한 라이브 방송을 끝까지 시청했다. 빈칸을 다 채우면 아까워서라도 학교에 나올 테니까. 걔가 꼭 학교에 나와야 엘리 얘기를 할 수 있을 테니까. 너 그거 알아? 엘리의 소원은 소년이 되는 거였어. 그 얘기를 건네면 장태희는 어떻게 반응할까. 그전처럼 무시할까, 집에서처럼 싸가지 없이 틱틱거릴까.

한참 만에 장태희가 다 했다! 하고 씩씩하게 외치며 수행 평가지를 번쩍 들었다. 다 한 걸 인증하고 싶었는지 짠, 하고 수행 평가지를

카메라 가까이 갖다 대기까지 했다. 거기에 학교 이름과 본명이 적혀 있다는 사실은 까맣게 잊은 것 같았다. 반 박자 뒤에야 실수를 알아차린 장태희는 헉, 이라는 외마디를 남기고 방송을 종료했다. 그때까지 남아 있던 시청자는 나뿐이었지만 장태희는 그게 나인 줄 몰랐을 테니까. 내일 학교에서 얘기해 줄 게 하나 늘었군. 나는 자려고 누우면서 생각했다.

작가의 말

사랑은…… 하고 시작하려니 난처한 것이, 어떻게 써도 세련된 문장이 될 것 같지가 않다. 아무튼 나는 지금 그것에 대해 말하려는 참이다.

그건 누군가를 특별하게 여기는 마음에서 출발한다. 그 모든 다채로운 사랑의 성질 가운데 굳이 공통점을 찾자면 그렇다.

당황스럽게도 누군가에게 특별한 존재가 되고 싶은 마음 또한 사랑이다. 성장의 동력이자 자기혐오의 근원. 사랑받고 싶다는 사실을 인정하는 순간, 지금까지 있는 힘껏 외면해 온

나 자신의 정체를 들여다볼 수밖에 없어진다. 경험상…… 대단히 끔찍한 동시에 의외로 봐줄 만한 존재가 우리 안에 있다.

아무리 생각해도 사랑 같은 건 하지 않는 게 이득인 것 같지만, 방심하는 순간 시작되어버리는 게 사랑이다. 누구를, 무엇을, 어떤 존재를 사랑하고 있든 안녕하기를. 시고 달고 기쁘고 슬픈 그 사랑의 낱낱을 빠짐없이 누린 끝에, 마침내 하나의 이야기를 갖게 되기를. 사랑은…… 이라는 간지럽고 부끄러운 말로 시작하는 이야기.

마지막에는 널 사랑하길 잘했다고 말할 수 있기를 바란다.

티읐:츠 001
퍼플젤리의 유통 기한

초판 1쇄 인쇄 2024년 4월 17일
초판 1쇄 발행 2024년 4월 24일

지은이 박서련
펴낸이 최순영

어린이문학 팀장 박현숙
편집 정지혜
키즈디자인 팀장 이수현
디자인 진예리

펴낸곳 ㈜위즈덤하우스 출판등록 2000년 5월 23일 제13-1071호
주소 서울특별시 마포구 양화로 19 합정오피스빌딩 17층
전화 02) 2179-5781 홈페이지 www.wisdomhouse.co.kr

ISBN 979-11-7171-187-1 (43810)

퍼플젤리 엘리 단독 인터뷰 “이토록 사랑스러운 혼란”

오버사이즈 룩 톰보이가 선사하는 짤막한 데이트

ELLY

Q 안녕하세요, 티매거진입니다.

안녕하세요. 퍼플젤리 막내 엘리입니다.

Q 아이돌 그룹에는 단체 인사법이 따로 있다고 알고 있는데.

'너와 나의 스윗 하트, 퍼플젤리입니다'. 혼자 하려니까 쑥스럽네요. 원래는 리더인 규림 언니가 선창을 해요. '너와 나의 스윗 하트' 부분이요. 생각보다 어려운 거였네요.

Q 역시 리더는 리더다.

아무래도 그렇죠.

Q 막내지만 멤버들 중에 가장 키가 큰 걸로 알고 있어요.

그 덕분에 화보 촬영 기회를 얻어서 기뻐요.

Q 평소에도 셔츠를 즐겨 입나요?

그럼요. 학생이니까요.

Q 사복 패션 말이에요.

아! (웃음) 사복 센스가 좋진 않아요. 무대 의상 아니면 교복을 많이 입으니까, 사복 입을 일이 별로 없기도 하고요. 오늘 많이 배워 가야겠어요.

Q 언니들이 가르쳐 주지 않아요?

맞아요. 언니들이 셔츠 잘 어울린다고 했어요.

September Rain
SIDE B
Sunset
Orange
I know

Q 멤버들이 모두 소속사 산하 댄스 영재 아카데미 출신이라고 들었어요.

연습생으로 합류하기 전부터 모두 언니 동생 하는 사이였어요. 학원 앞에 떡볶이 포장마차가 있었는데 피오니 언니, 은하 언니랑 자주 갔어요. 정식 연습생이 되고부터는 체중 관리 때문에 대놓고는 못 가고 몰래몰래. (웃음) 규림 언니는 제가 연습생 들어가기 4년 전부터 연습생이었어요. 완전 대선배님이라 학원에서 본 적은 없는데, 피오니 언니랑 은하 언니랑은 원래 친했대요.

Q 멤버들 얘기하니까 갑자기 말이 많아졌네요.

제가 그랬나요? 제 얘기보다 멤버들 얘기가 더 재미있고, 자신 있는 것 같아요.

Q 오늘은 엘리 얘기 위주로 듣고 싶은데.

그러게요. 언니들이 퍼플젤리에서 처음으로 개인 인터뷰를 하는 거고, 퍼플젤리 대표로 가는 거니까 말 잘하고 오라고 신신당부했거든요. 엘리야 너 말 잘해야 돼, 실수하면 안 돼. 이렇게요.

Q 실수 좀 하면 어때요.

실수는 괜찮지만 실례는 안 괜찮잖아요? 아무리 어리다고 해도.

Q 어른스러운데요? 뭘 해도 성공할 사람이란 느낌.

칭찬인가요? 감사합니다. (웃음)

Q 칭찬이죠! 아이돌로도 멋있지만 다른 분야에서도 두각을 드러낼 수 있을 것 같다는 말이에요.

저는 지금에 만족해요. 충분히, 아니 차고 넘치도록 운이 좋았다고 생각하고요. 같은 꿈을 꾸지만 기회조차 누리지 못하는 사람들도 있잖아요. 지금의 나에게 만족하지 못하면, 이 자리에 있고 싶었던 이들에게 실례일 것 같은 느낌이 들어요.

Q 어릴 때부터 가수가 꿈이었나요?

좀 더 어릴 때는 꿈이…… 구체적인 직업은 아니었던 것 같아요. 좀 이상한 얘기려나. 너 커서 뭐 될래? 물어보면 공룡이요! 소방차요! 하는 꼬마들이 종종 있잖아요. 사람은 보통 자기가 멋있다고 생각하는 것이 되고 싶단 말이죠. 그게 될 수 없다는 사실을 알아차리는 건 좀 더 성장한 다음이고.

Q 꼬마 젤리는 무엇이 멋있다고 생각했을까요?

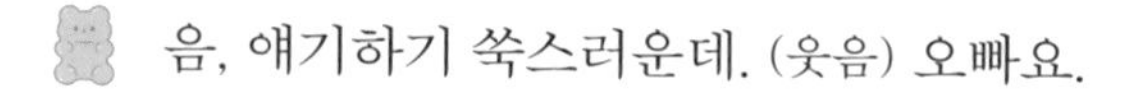
음, 얘기하기 쑥스러운데. (웃음) 오빠요.

Q 오빠랑 가까운 편이었나요?

아뇨, 나이 터울이 좀 있어요. 친오빠랑 규림 언니랑 동갑인데 규림 언니를 더 친밀하게 생각하는 것 같아요. 연습생 합류 전에도 딱히 오빠랑 가깝지는 않았고요. 오빠를 좋아했다기보다는…… 부러워한 쪽에 가까운 것 같아요. 될 수 있는 대로 오빠 흉내를 내고, 오빠가 쓰는 물건, 예를 들어 농구공 같은 거? 그런 걸 몰래 숨겨 놓곤 했어요. 갖고 싶어서. 대여섯 살 먹은 애가 자기 몸집만 한 농구공을 가지고 뭘 어쩌겠어요. 어떻게 쓰는 물건인지 잘 알지도 못했는걸요. 그런데도 무턱대고 탐냈던 기억이 나요. 그게 오빠 물건, 오빠들이 쓰는 물건이니까. 그러다 눈물 쏙 빠지게 혼났던 기억도 있어요.

Q 부모님은 대체 젤리를 어떻게 혼내셨지? 이렇게 사랑스러운데요.

감사합니다. (웃음) 그런데 꽤 끈질겼어요. 결국엔 오빠가 농구공에 흥미를 잃어버릴 때쯤 제가 그걸 차지했고요.

Q 보기보다 집념이 있는 타입이네요.

아무래도 그런가 봐요.

Q 그러고 보면 걸 그룹 막내인데 '오빠미'가 있기도 해요.

아, 감사합니다. (웃음) 확실히 걸 그룹 멤버 같지는 않죠?

Q 음, 아이돌 같아요.

저는 그 정도가 좋아요. 방송국에서도 언니들이랑 같이 있지 않으면 걸 그룹 멤버라고 생각 못 하시더라고요. 연예인 같긴 한데, 남자치곤 덩치가 좀 작고……. 그런 느낌? (웃음) 아직은 알아보시는 분도 별로 없고 해서 더 그런가 싶어요. 조금 다른 얘기려나.

What's In My Bag

ELLY

중학생 때 부터
사용하던 가방

향수, 핸드크림, 립밤
우디한 계열을 좋아해요.
순간을 기록하기 위해
가지고 다녀요.
최근 가장
재미있게 읽고 있는 책
더
셀리 클럽

Q 오늘 엘리의 가방을 공개했잖아요. 책이 들어 있더라고요. 책 읽는 걸 좋아하나요?

이제부터 좋아해 보려고요. (웃음) 농담이고요. 요즘은 시간이 별로 없어서 거의 들고만 다니는데, 데뷔 전에는 책 읽는 시간을 조금이라도 더 자주 가지려고 노력했어요. 다른 사람이 되어 보는 경험이잖아요, 책을 읽는다는 건. 드라마나 영화에는 주인공 배우가 있지만, 책을 읽을 때는 내가 주인공이라면 어떨까 상상할 수 있어서 좋아요. 연예인이라는 직업군은 아무래도 영상 매체에 더 가깝지만 팬 여러분과의 소통은 주로 팬 카페나 SNS를 통해 하게 되니까 글을 좀 더 잘 쓰고 싶다는 생각도 드는데, 책을 읽으면 어떤 글을 쓰고 싶은지 생각이 정리되는 것 같아요.

ILLUSION

Q 폴라로이드 카메라도 있던데. 아무래도 엘리는 카메라에 찍히는 쪽이잖아요. 다른 사람을 찍어 주기도 하나요?

가끔요. 멤버들을 찍기도 하고 제 셀카를 찍기도 하고 그냥 보면 기분 좋아지는 것들을 찍기도 해요. 꽃병에 꽂힌 튤립 한 송이, 케첩으로 하트를 그려 놓은 오므라이스, 음방 대기실 문 앞에 붙어 있는 우리 그룹 이름 같은 것들. 꽃은 시들고 오므라이스는 먹으면 없어지고 대기실 문에 붙은 이름도 스케줄 따라 바뀌지만 사진은 계속 남아 있다는 게 위로가 되는 것 같아요. 폴라로이드 카메라로 찍은 사진은 손에 쥘 수 있는 기억이 되니까.

Q 손에 쥘 수 있는 기억, 좋네요.

시선을 제게 집중시키는 것도 떨리고 즐겁지만, 저만의 카메라를 갖는 일은 정말 특별한 것 같아요. 나도 시선을 갖고 있다, 내 눈길이 머무는 피사체는 이런 것들이다, 그런 말을 사진으로 할 수 있게 되잖아요. 그런 의미에서 에디터님도 사진작가님도 스타일리스트 선생님들도 모두 너무 존경스러워요.

Q 퍼플젤리 멤버로서 앞으로의 목표는?

퍼플젤리를 모르는 사람이 없을 때까지 열심히 활동하기. (웃음) 저는 연기를 하고 싶다거나 솔로 활동을 하고 싶다거나 그런 욕심은 없어요. 오늘 화보 인터뷰 기회도 감사하고 재미있었지만, 개인 활동을 하기엔 제가 많이 부족하지 않을까 생각하고. 퍼플젤리의 일원으로서 목표라면, 저로 인해 퍼플젤리에 '입덕'하는 분이 많았으면 좋겠다는 것 정도? 아직 저희가 보여 드리지 못한 매력이 많이 있거든요. 막 첫걸음을 뗀 신생 걸 그룹 퍼플젤리, 관심 갖고 지켜봐 주시기를 부탁드립니다.

Q 아, 방금은 준비한 멘트였다.

맞아요. 들켰네요. (웃음) 하지만 진심이에요. 열심히 하겠습니다. 지켜봐 주세요.

엘리는 진지하다. 엘리는 멀리 본다.

말수가 적은 것 같지만, 정확한 질문을 던져

대화의 질을 높인다. 그래서 이상하다.

엘리를 처음 본 사람이

그를 걸 그룹 막내라고 생각할 수 있을까?

묘하고 낯설지만 포근하게 설렌다.

t MAGAZINE

▶ 티매거진 채널에서 영상 인터뷰를 만나 보실 수 있습니다.